Rudopiórka i ziarenka pszenicy

The Little Red Hen and the Grains of Wheat

Retold by L.R.Hen
Illustrated by Jago

Polish translation by Jolanta Starek-Corile

Mantra Lingua

Pewnego dnia Rudopiórka spacerowała sobie po podwórku,
gdy znalazła kilka ziarenek pszenicy.
- Mogę je zasiać - pomyślała sobie. - Ale będę potrzebowała pomocy.

One day Little Red Hen was walking across the farmyard when she found
some grains of wheat.
"I can plant this wheat," she thought. "But I'm going to need some help."

Rudopiórka krzyknęła do zwierząt na farmie:
- Czy ktoś pomoże mi zasiać tę pszenicę?
- Ja nie - powiedział kot. - Jestem bardzo zajęty.
- Ja nie - powiedział pies. - Jestem bardzo zajęty.
- Ja nie - powiedziała gęś. - Jestem bardzo zajęta.

Little Red Hen called out to the other animals on the farm:
"Will anyone help me plant this wheat?"
"Not I," said the cat, "I'm too busy."
"Not I," said the dog, "I'm too busy."
"Not I," said the goose, "I'm too busy."

- W takim razie zrobię to sama - powiedziała Rudopiórka.
Pozbierała ziarenka pszenicy i je zasiała.

"Then I shall do it all by myself," said Little Red Hen.
She took the grains of wheat and planted them.

Raz padał deszcz, raz świeciło słońce. Złocista pszenica rosła wysoko.
Pewnego dnia Rudopiórka zobaczyła, że pszenica była już dojrzała
i gotowa do ścięcia.

The clouds rained and the sun shone. The wheat grew strong and tall and golden.
One day Little Red Hen saw that the wheat was ripe. Now it was ready to cut.

Rudopiórka krzyknęła do zwierząt:
- Czy ktoś pomoże mi zebrać pszenicę?
- Ja nie - powiedział kot. - Jestem bardzo zajęty.
- Ja nie - powiedział pies. - Jestem bardzo zajęty.
- Ja nie - powiedziała gęś. - Jestem bardzo zajęta.

Little Red Hen called out to the other animals:
"Will anyone help me cut the wheat?"
"Not I," said the cat, "I'm too busy."
"Not I," said the dog, "I'm too busy."
"Not I," said the goose, "I'm too busy."

- W takim razie zrobię to sama - powiedziała Rudopiórka.
Wzięła sierp i ścięła całą pszenicę. Następnie związała ją w snopek.

"Then I shall do it all by myself," said Little Red Hen.
She took a sickle and cut down all the wheat. Then she tied it into a bundle.

Pszenica była teraz gotowa do młócenia.
Rudopiórka przyniosła snopek pszenicy na podwórko.

Now the wheat was ready to thresh.
Little Red Hen carried the bundle of wheat back to the farmyard.

Rudopiórka krzyknęła do zwierząt:
- Czy ktoś pomoże mi ją wymłócić?
- Ja nie - powiedział kot. - Jestem bardzo zajęty.
- Ja nie - powiedział pies. - Jestem bardzo zajęty.
- Ja nie - powiedziała gęś. - Jestem bardzo zajęta.

Little Red Hen called out to the other animals:
"Will anyone help me thresh the wheat?"
"Not I," said the cat, "I'm too busy."
"Not I," said the dog, "I'm too busy."
"Not I," said the goose, "I'm too busy."

- W takim razie zrobię to sama! -
powiedziała Rudopiórka.

"Then I shall do it all by myself!"
said Little Red Hen.

Młóciła pszenicę przez cały dzień,
a gdy skończyła, załadowała ją do wózka.

She threshed the wheat all day long.
When she had finished she put it into her cart.

Pszenica była teraz gotowa do zmielenia na mąkę. Ale Rudopiórka była bardzo zmęczona, więc podreptała do stodoły, gdzie wkrótce usnęła.

Now the wheat was ready to grind into flour. But Little Red Hen was very tired so she went to the barn where she soon fell fast asleep.

Następnego ranka Rudopiórka krzyknęła do zwierząt:
- Czy ktoś pomoże mi zawieźć pszenicę do młyna?
- Ja nie - powiedział kot. - Jestem bardzo zajęty.
- Ja nie - powiedział pies. - Jestem bardzo zajęty.
- Ja nie - powiedziała gęś. - Jestem bardzo zajęta.

The next morning Little Red Hen called out to the other animals:
"Will anyone help me take the wheat to the mill?"
"Not I," said the cat, "I'm too busy."
"Not I," said the dog, "I'm too busy."
"Not I," said the goose, "I'm too busy."

- W takim razie pójdę sama! - powiedziała Rudopiórka.
Pociągnęła wózek pełen pszenicy i toczyła go całą drogę do młyna.

"Then I shall go all by myself!" said Little Red Hen.
She pulled her cart full of wheat and wheeled it all the way to the mill.

Młynarz wziął pszenicę i zmełł ją na mąkę,
która była teraz gotowa do wyrobu chleba.

The miller took the wheat and ground it into flour.
Now it was ready to make a loaf of bread.

Rudopiórka krzyknęła do zwierząt:
- Czy ktoś pomoże mi zanieść mąkę do piekarza?
- Ja nie - powiedział kot. - Jestem bardzo zajęty.
- Ja nie - powiedział pies. - Jestem bardzo zajęty.
- Ja nie - powiedziała gęś. - Jestem bardzo zajęta.

Little Red Hen called out to the other animals:
"Will anyone help me take this flour to the baker?"
"Not I," said the cat, "I'm too busy."
"Not I," said the dog, "I'm too busy."
"Not I," said the goose, "I'm too busy."

- W takim razie pójdę sama! - powiedziała Rudopiórka.
I sama zaniosła ciężki worek mąki do piekarni.

"Then I shall go all by myself!" said Little Red Hen.
She took the heavy sack of flour all the way to the bakery.

Piekarz wziął mąkę, dodał trochę drożdży, wody, cukru i soli.
Następnie włożył wyrobione ciasto do pieca.
Gdy chleb był upieczony, dał go Rudopiórce.

The baker took the flour and added some yeast, water, sugar and salt.
He put the dough in the oven and baked it.
When the bread was ready he gave it to Little Red Hen.

Rudopiórka przyniosła świeżo upieczony chleb
na podwórko.

Little Red Hen carried the freshly baked bread
all the way back to the farmyard.

Rudopiórka krzyknęła do zwierząt:
- Czy ktoś pomoże mi zjeść ten smaczny świeży chlebek?

Little Red Hen called out to the other animals:
"Will anyone help me eat this tasty fresh bread?"

- Z checią - zawołał pies. - Już nie jestem zajęty.

"I will," said the dog, "I'm not busy."

- Z checią - zawołała gęś. - Już nie jestem zajęta.

"I will," said the goose, "I'm not busy."

- Z checią - zawołał kot. - Już nie jestem zajęty.

"I will," said the cat, "I'm not busy."

- Muszę się nad tym zastanowić! - odrzekła Rudopiórka.

"Oh, I'll have to think about that!" said Little Red Hen.

Rudopiórka zaprosiła młynarza i piekarza,
aby podzielić się z nimi pysznym chlebem,
podczas gdy trzy zwierzątka tylko się im przyglądały.

The Little Red Hen invited the miller and the baker to share her
delicious bread while the three other animals all looked on.

key words

little	mała	clouds	chmury
red	czerwona	rain	deszcz
hen	kura	sun	słońce
farmyard	podwórko	ripe	dojrzała
farm	farma	plant	siać
goose	gęś	cut	ścinać
dog	pies	sickle	sierp
cat	kot	bundle	snopek
wheat	pszenica	thresh	młócić
busy	zajęta	grind	zemleć

flour	mąka	tasty	smaczny
the mill	młyn	fresh	świeży
miller	młynarz	delicious	pyszny
ground	zmielony	all	wszystko
bread	chleb	she	ona
baker	piekarz	he	on
yeast	drożdże		
water	woda		
sugar	cukier		
salt	sól		

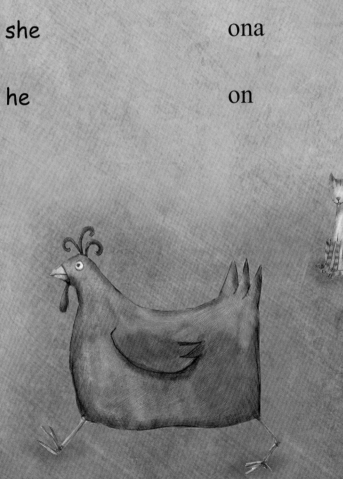

First published in 2005 by Mantra Lingua

Global House, 303 Ballards Lane London N12 8NP
www.mantralingua.com
Text copyright © 2005 Henriette Barkow
Illustration copyright © 2005 Jago
Dual language text copyright © Mantra Lingua
Audio copyright © 2008 Mantra Lingua
This sound enabled edition published 2012

A CIP record of this book is available from the British Library

Printed in Hatfield,UK FP050712PB08122225